Collection ;

ISBN 2-07-039121-3

Numéro d'édition: 65037
Loi n. 49-956 du 16 juillet 1949
sur les publications destinées à la jeunesse
1er dépôt légal: Mai 1985
Dépôt légal: Mai 1993
Imprimé par la Editoriale Libraria en Italie

Le Roi des Bons

Henriette Bichonnier

Illustré par Pef

Mis en couleurs par Geneviève Ferrier

Gallimard

Il y a de cela très longtemps,
dans un lointain pays
qui n'existe plus aujourd'hui,
vivait un roi très beau
qui s'appelait Léon.
Léon était si beau qu'il passait
des heures à se regarder
dans la glace et la seule chose
qui l'intéressait dans la vie,
c'était d'être le plus beau.
Il était d'ailleurs très sévère.
Si jamais quelqu'un s'avisait d'être
plus beau que lui, il envoyait
ses soldats et faisait couper la tête
du bel homme.

Aussi personne n'avait envie
d'être plus beau que le roi,
et les gens du royaume
s'arrangeaient pour s'enlaidir
autant qu'ils le pouvaient.

Ils se collaient des verrues
en caoutchouc sur le menton,
des dents de pirates,
des faux nez et des tire-bouchons
dans les oreilles.

Chaque jour, le roi se promenait
dans le pays pour vérifier
s'il était toujours le plus beau
et lorsqu'il voyait ses sujets, tordus,
bancals, mités, coiffés en hérissons
ou rabougris comme de vieux rats,
il se déclarait satisfait et distribuait
des pièces d'or.

Puis il rentrait dans son palais
et demandait à son fidèle serviteur :
— A votre avis, Alfred, suis-je
toujours le plus beau ?
— Naturellement, Majesté,
encore plus beau qu'hier !

— Bonne réponse, disait le roi,
vous avez gagné deux écus,
et vous reviendrez jouer demain
si vous le voulez bien.
Mais dans le royaume, il arriva
un moment où les gens
s'étaient tellement bien enlaidis,
en se faisant des taches de gras
sur leurs habits, en gardant
leurs ongles aussi noirs que possible,
en ne se lavant jamais les oreilles
et en se fourrant des touffes
de poils dans le nez... que finalement
il se passa quelque chose de terrible.
Voici ce qui se passa :
les dames trouvèrent les messieurs
tellement affreux
qu'elles ne voulurent plus les épouser.
Et les messieurs trouvèrent
les dames si laides qu'ils ne voulurent
pas se marier non plus.
Et comme personne
n'épousait plus personne, personne
n'avait d'enfants avec personne
et il n'y eut plus d'enfants du tout
dans le royaume.

Alors la vie devint horriblement triste, sauf pour le roi qui ne se fatiguait pas de se regarder dans la glace.
Mais pour les habitants du royaume c'était affreux.
Personne ne pouvait plus raconter d'histoires à personne avant de s'endormir,

personne n'avait plus de petits bisous,
personne ne pouvait plus jouer
avec personne aux billes,
à l'élastique, aux cubes. Et surtout,
personne ne pouvait plus expliquer
les mystères de la vie à personne.
C'était lugubre.

Les gens se mirent à pleurnicher
du matin au soir
et comme ils pleurnichaient,
ils devenaient encore plus laids,
ce qui n'arrangeait pas leurs affaires.
Une nuit, pourtant, il se produisit
une chose surprenante. Par un beau
clair de lune, un monsieur se leva
et partit se promener dans la forêt.
Tout d'un coup, il en eut assez
d'être laid et, tout en contemplant
les étoiles dans le ciel sans nuages,
il ôta ses verrues, ses tire-bouchons,
ses fausses dents et son nez
boursoufflé. Au même moment,
une dame qui ne dormait pas
et qui se promenait dans la forêt,
eut également envie de ne plus être
laide, elle enleva ses poils au menton,
ses taches de gras et son œil de pirate.

Le monsieur et la dame
se rencontrèrent. Ils tombèrent
follement amoureux l'un de l'autre
ce qui fit qu'ils se marièrent en secret.
Et bientôt, dans le royaume,
la nouvelle se répandit que la dame
allait avoir un enfant. Lorsque le roi
fut mis au courant, il entra dans
une grande colère. Il se mit à taper
du pied et à se rouler par terre.

— Si jamais cet enfant est plus beau que moi, hurla-t-il, je lui ferai couper la tête comme aux autres !

Les soldats parcoururent le pays
et annoncèrent la terrible nouvelle.
Et les gens se mirent à trembler
pour l'enfant qui allait naître
car tout le monde savait
que les enfants sont obligatoirement
beaux, bien plus beaux que les rois.
Aussi, ils commencèrent à préparer
toutes sortes de choses pour enlaidir
le futur bébé. Les uns tricotèrent
des complets-veston et des cravates
sombres pour le cas où l'enfant
serait un garçon. D'autres tricotèrent
des chemisiers à col raide
et des mocassins plats pour le cas
où l'enfant serait une fille.

Des choses encore toutes
plus affreuses les unes que les autres,
de sorte que le jour de la naissance
on était prêt à sauver l'enfant.
L'enfant naquit.

C'était une fille.
On l'appela Epouvantine pour faire plaisir au roi.
— Comment est-elle, cette enfant ? demanda le roi lorsqu'il apprit la nouvelle.
Le fidèle serviteur rougit jusqu'aux oreilles et dit :
— Epouvantable, Majesté. Laide à faire peur. Une horreur, Sire.
— Allons tant mieux, dit le roi. Je vais aller rendre visite aux parents et leur faire un cadeau pour les récompenser.

Alors le fidèle serviteur
et tous les gens du royaume
furent saisis de terreur
et se mirent à claquer des dents.
Car l'enfant n'était ni épouvantable,
ni laide, ni une horreur.

Elle était belle comme le jour,
plus belle que le beau matin,
le beau-frère et les beaux-arts.
Plus belle que le roi.
En fait, elle était comme
tous les petits enfants et personne
n'avait jamais rien vu d'aussi beau.
Aussi, malgré tout ce qu'on avait
préparé pour l'enlaidir, malgré
les chaussettes en tire-bouchon,

et les kikis qu'on lui avait mis
autour du ventre,
malgré les complets-veston
qu'on lui avait enfilés
par-dessus le chemisier à col raide,
malgré les verrues qu'on lui colla
en toute hâte, le faux nez,
les bosses dans le dos, sous le bras
et sur la poitrine, eh bien,
Epouvantine restait belle.

Le roi lui-même,
fut obligé de s'en apercevoir
et cela le mit dans une rage noire.

— Qu'on tue cet enfant, dit-il à ses soldats, et qu'on dépose son cœur dans la boîte que voici.

Les larmes aux yeux, le capitaine des soldats sortit son poignard. Puis il prit l'enfant dans ses bras en tremblant.
Tout le monde sanglotait, sauf le roi, c'était un spectacle désolant.
Cependant, pour poignarder l'enfant, il fallait d'abord ôter

toutes les horreurs dont on l'avait
habillée et qui faisaient bouclier.
Le capitaine enleva donc
le complet-veston, les bosses,
le kiki, le chemisier montant
et les mocassins plats.
Et lorsqu'il eut tout ôté, le bébé
apparut tout nu et si beau, si beau,
que même le roi en fut ému.
En voyant les petites cuicuisses
potelées, les petites mains
toutes menines,

le petit bidon tic tic hop lala,
les petites fésses picpic bouboubou,
les noreilles tellement miamam,
et le petit nénez poutou poutou,

le roi ne peut résister plus longtemps.
Il fondit de tendresse.

Il fondit comme la neige au soleil.
On le vit se ramollir
comme une demi-livre de beurre,
s'effondrer et se répandre sur le sol.
Il était devenu bon.

On le ramassa comme on put
avec une petite cuillère
et on le remit
dans ses vêtements à grand-peine.
Désormais, le roi n'était plus du tout
le même. Il se moquait éperdument
d'être beau ou laid.

Tout ce qui l'intéressait,
c'était de faire guili guili gazou gazou
et coucou le kiki à Epouvantine.
Les parents eurent beaucoup de mal
à se débarrasser de lui, car il voulait
tout faire : donner le biberon,
promener l'enfant dans ses bras,
lui changer ses culottes,
lui chanter des chansons.
Léon était devenu le roi des bons.

Alors on envoya le roi Léon
faire des emplettes pour l'occuper, et
il acheta absolument n'importe quoi.
Douze poneys en peluche,
un ordinateur de ménage,
une robe décolletée dans le dos
et fendue sur le côté, un congélateur,
une automobile à pédale
et une électrique, des cymbales,
un tambour et une trompette,
cent trente-deux tétines dépareillées
et vingt biberons trop petits.
Il prit également des chaussons
de danseuse à la place des chaussons
premier âge et des couches-culottes
sans élastiques sur le côté.
A partir de ce jour, d'ailleurs,
Léon ne pensa plus qu'à Epouvantine
dont il était à la fois le parrain
et la marraine.

Les gens du royaume préféraient nettement leur nouveau roi à l'ancien, même s'il prenait encore plus de place qu'avant.

Maintenant, ils pouvaient
cesser de s'enlaidir,
ce qui fait qu'ils redevinrent beaux
et qu'ils se marièrent à tour de bras.

Ceci donna lieu à des quantités de naissances et les bébés envahirent le royaume par centaines. Comme le roi était fou des enfants,

désormais on le laissait s'en occuper autant qu'il le voulait.
Et il le voulait. Evidemment, il gâta beaucoup trop les enfants et leur donna peut-être de mauvaises habitudes, mais jamais les parents n'osèrent se plaindre car, disaient-ils, il est préférable d'avoir des enfants gâtés plutôt que pas d'enfants du tout !

Henriette Bichonnier est née en 1938. Depuis 1971 elle écrit de nombreux livres pour les enfants. Son petit garçon, Victor, lui inspire une grande partie des histoires qu'elle écrit. Henriette est aussi journaliste ; elle écrit pour *Marie-France, Femme Pratique* et « Le Petit Journal » de *Télérama.*
Si tu as aimé ce livre tu pourras lire dans la même collection *Le monstre poilu, Rendez-moi mes poux, Pincemi et Pince-moi et la sorcière*. Et dans d'autres collections : *Clémentine et Célestin* (Grasset), *Les aventures magiques de Corentin* (G.P. Rouge et Or) et *Toutes petites histoires à raconter* (Nathan).

Pef est né en 1939. Encouragé par Anne Sylvestre avec qui il a réalisé des disques pour les tout-petits, il a tout de même attendu l'âge de quarante ans pour publier son premier livre, *Moi ma grand-mère*. Tour à tour auteur-illustrateur, il a publié une quinzaine de livres dont *La belle lisse poire du prince de Motordu, Le monstre poilu, Rendez-moi mes poux* (folio benjamin), *Réponses bêtes à des questions idiotes, Le dictionnaire des mots tordus, Le livre des Nattes, Livre de Français, Les Belles lisses Poires de France* (folio cadet).